picnic

UTSUNOMIYA Atsushi

GENDAITANKASHA

歌集　ピクニック

宇都宮　敦

目次

I

ウィークエンズ

君のＴシャツは小さめ　あざやかなイエロー　ロバの笑うプリント

振り向いたけれども猫はいなかったけれども君がみたならいいや

長ぐつをはいた女の子が誰にするでもなくバレリーナのおじぎ

君がのぞきこむように見上げる僕はかつてぜんそくもちの男の子だった

小綺麗な路地で迷った僕たちは走りぬけてく花嫁をみた

ショーウィンドウを姿見がわりに踊ってる女の子たちのうしろをぬけて

コインランドリーで本を読んでいる　もちろん洗濯もしているよ
イヤフォンをはずしてヘッドフォンをして視聴機にＣＤをかざした
おばちゃんが道のむこうで叫んでる　僕にむけてじゃないのはわかる

昼すぎの木立のなかで着ぶくれの君と僕とはなんども出会う
むらさきの君のタイツが膝に向かいきれいなグラデーションをみせても
腰のところで君は手をふる　ちいさく　さよならするのとおんなじように

あんまり丸くて白いから　そりゃ耳に当ててるんだもん耳当てだよね　あんまんじゃなく

いつだって君の見たがる映画にはやたらと登場人物がいる

ブラウン管はずしたテレビで飼っていたチャボの話をもう一度して

君の「も」にアクセントのある「もしもし」を聞きたいけれど手紙を書くよ

三月のつめたい光　つめたいね　牛乳パックにストローをさす

水面でくだける光がかなしくて世界はもはや若すぎるのだ

音が　風が　水が　流れていく水が　やさしいひとに生まれたかった

左手はいつでも思うより不器用だけれど君の背骨をさぐる

ひさびさに晴れの週末　くるってはいない僕らは芝生をめざす

いたずらにはためく君のスカートは迷彩柄のような花柄

でたらめなでんぐりがえし　笑うなら笑えとくるぶしまでの靴下

袖口でみがいたリンゴを渡したら裾でみがいたリンゴをくれた

夏風邪の君が電話で話すのは昼寝のときみたバオバブの夢

鼻声の電話の向こうのたわごとにあいづちかさね探すつめきり

嵐の夜は寝るだけ　つぎの週末は水着をもって遊びにおいで

紙袋かかえてやたらうまいハム売っててさってやってくるんだ

くだらなく親しい夜を呼吸する　憧れではない届かなさがある

全自動卓が自動で牌を積む　ダンスフロアに転がるピアス

対面の牌が横向く　スイングバイ軌道を外れる探査衛星

浅知恵の深読みたちをだまらせる　折り目正しく乱れるシーツ

おとなしくドラの対子をおとしてく　疎まれたまま消えるビル風

点棒はそろえて渡す　ひっそりとサンゴの森で朽ちる砲台

冬だから it is time to go に「行かなくちゃ」って訳をあてとく

例年と比べてって何？　今朝！　は冬！　生まれの俺の名において　さむい

ひとりは防寒ひとりはかっこいいと思いフードをかぶったふたりができた

まず頬が朝にふれたらまばたきを　ねんのためもう二回まばたき

吐く息に名前はつけない　肯定はすでにつめたくなされてるから

屋上でうどんをすする　どんぶりを光のなかにわざと忘れる

ぐるぐるとマフラー巻けば冬空になにかが焦げるにおいをかいだ

訊かれればすっとんきょうな冬晴れに見てない映画の感想を言う

カラフルな冬　ハンドルのふさふさがふさふさゆれてホッピング跳ぶ

ひたすらにまるい陽だまり　ひまわりの種の食べかたを教えてくれた

かあさんのささえる自転車におばちゃん顔の園児がよじのぼりのる

児童公園入口　スケボー少年のしくじりまくるトリックひとつ

とうとつに泣きジャクリーヌが泣きやめばまつげに春の雪がふってる

あかんぼが抱き上げられてからっぽのベビーカーのなか充ちるアンセム

薄皮のつぶあんぱんを食べながらぽくぽくと鳴る歩道橋を下りる

陽射しはもう夏のそれ　君の好きだったバンドが解散していたと知る

葉桜を君と見にいく　やさしさは上手に怒れる人にまかせて

目をとじる君の頭にあごをのせ好きよと言った　肩は抱かない

コスモスの線路沿いの道つれだってゆく駅員のしかくいかばん

なにゆえか財布の中が銀色の穴のあいてるコインばっかり

とうとつに君はバレリーナの友達がいないのをとても残念がった
理科室のつくえはたしかに黒かった　そうだよ　ふかく日がさしこんだ
夕闇につっこむローラーコースター　僕がバカならあなたはケムリ

しどけなくほどけるスマイルまじまいる　おてらにまいる　マイルはためる

トビウオのあれはハネではなくてヒレ　ペンギンのはねヒレじゃなくハネ

くさがれたかわらはたちまちたそがれてかれらのレガッタどっちがかった？

おめおめと手ぶらで真昼の灯台でなにを言ってるのか聞こえない

水鳥を川にみた朝だったのに　のに海鳥のでかさにびびる

数度コインを拒まれたあと手に入れた暴力的に甘いコーヒー

海鳥は風にあおられ　いすの上　君はぶざまにあぐらをといて
僕たちがピアスを探すここは明日たぶん草サッカーのフィールド
祈るでもなく組んだ手に　ほどいてもいいんだけれど　息をふきこむ

君のかばんはいつでも無意味にちいさすぎ　たまにでかすぎ　どきどきさせる

あしびきのヤマザキ春のパンまつり　白いお皿は誰かのために

予告編　口笛まじりの約束を鼻歌まじりに果たすのは今

もう一度君にナックルボーラーの魅力について語りたおそう

あかんぼが手をパーにしてファミレスのほらほら机にかじりつかない

冷房がきついと君がとりだして羽織ったカーディガンにとぶ鳥

左手でリズムをとってる君のなか僕にきけない歌がながれる

なるほどね　んじゃあ、最後に公園の水飲み場で水を飲んだのはいつ？

くわえられたボールを引っ張り「男の子ですか？」と上目づかいで訊いた

読みさしのページに挟むのはしおりならばこの世のすべてにしおり

文庫売り場でやっぱりふだんからメガネかけなきゃと思う　前も思った

マクドナルドの三階席から見えるから見ているバスの屋根のでっぱり

オフサイド教えてあげる男の子　教えてもらってやる女の子

ミントガムのボトルのわきに二眼レフカメラのおもちゃが転がっている

てへらって笑ってもダメ　――――は谷折りにしてくれなきゃ困る

携帯電話に撮りためているパイロンの写真を厳選のうえ見せてくれた

ほこらしげにカーテンレールの上にずらりビールの空き缶ならべたりして

幼いころの君がかいた鏡文字のひらがなに灯がともったら　さあ

コンビニへ　いつものようにざっくりと君は髪ごとマフラーを巻く

目を閉じて夜を思えばフィルムの燃えて融けだす匂いをかいだ

夜明け前　あなたの語尾がやさしくて本気で怒ってるんだと思った

ありふれた光あふれた　まぶしげなまぶたのきわにまつげあぶれた

手の甲でよだれをぬぐいおもむろに伸びする寝起きの君はぶさいく

君の寝まきジャージとおめかしジャージとの違いがわからないまま夏に

日焼け止めのにおいをかぐと眠くなる　君の手首をつよくにぎった

かけぬける女子高生をベイビーと呼びとめたくなる夕立だった

ナイト・フライト　ナイト・クルーズ　ナイト・ドライブ　鼻緒のぬけたサンダルを手に

歩きつかれた平たい夜にプールくさい君との記憶がひとつあること

圧倒的落葉のなかフルネームでお互いを呼び合う女の子たち

欠けてゆく月の出る夜　かんぺきな猫背を見たよ　ここは東京

水たまりに光はたまり信号の点滅の青それからの赤

山手線のいままで降りたことのない駅名をあげあったりしない

てのひらを上に向け寝るおじさんの髪はぺたりと夜の電車は

だとしても漫画家だけは先生と呼びたい　先生、長生きしてください

かみ殺す気のないあくびをした君が葉っぱの化石をくるくる回す

心配はいらない　こたつにあたりながら凍らせたヤクルトをたべよう

ウィンドが入ってくるのはウィンドウ　君を窓にはたとえはしない

昼寝からめざめるまえのまどろみに君のまぶたは熱をおびてく

雪渓をわたるヘラジカのイメージを贈る　なんならTシャツにする

耳が鳴るくらいのさびしさをあげる　雪はとおくの街で降ってる

ポケットに手をいれ大股であるく君に語った春の計画

見下ろせば春はまるくて屋上にヘリポートのあるビルも見えるよ

ぼろきれと見まちがえちゃった野良猫がぼろきれみたいなまんまかわいい

ケージの彼女は鳶色のワンピースに春を従えバットを逆手で構えた

ぬぎたてのニットキャップに文庫本いれ改札を彼はぬけてく

忘れない　お座敷席のすみっこで爪のかたちをほめられた夜

覚えてる　水ようかんよりすずしげな君のドロー・フォー返し返しを

ボウリングだっつってんのになぜサンダル　靴下はある？　あるの!?　じゃいいや

またあんた変な帽子をかぶってと言われた　脱げとは言われなかった

夏はいい　ひかりの夏はあじさいが腐るように枯れていくのもいい

むずかしいわかりやすさとわかりやすいむずかしさに溢れる百日紅

怒りにも似た光のなか身をかがめ十円玉の緑にふれる

祝福を！　脱ぎっぱなしの靴下を君に死ぬほど叱られたんだ

愛の名のもとにもちよるそれぞれのはるけきＵＮＯのローカルルール

そのときに二人が終わってても君の戴冠式にはかならず出るよ

棚にのぼったネコを棚からおろす　これを棚おろしという　うそ　いわない

左手のケータイで撮るぶれぶれの右手に甘噛むネコ　しもぶくれ

お互いのからだをまくらにまるまって　ねえねえ　どっちの喉が鳴ってる?

ネコかわいいよ　まず大きさからしてかわいい　っていうか大きさがかわいい

ひと冬はゆうにこえられるであろう愛をかかえて戸口に立つ

負ける気がしない僕らとふる雪とそれぞれのマフラーの巻き方

年の瀬をエンターテインする雪とトートバッグのキツネの刺繍

雪のスターバックス　女の子がハンドクリームを季重ね気味に手に塗り込める

くちびるに思い上がりを　下りてゆくエレベーターからみる雪が好き

大雪にめげずに笑う女子高生のローファーみたいな犬がいたでしょ？

キジトラが荷台に遊ぶガラス屋の軽トラに花びらの流れて

たい焼きを割ればあふれる日曜に惜しみなく捨てられるロマンス

別々の夜を誇る二人だけど出囃子だけはおんなじだった

もうすでにあせばむ二人のはじまりに鳥の鳴き真似ではじまる歌を

水を飲む動物をみるのが好きと君は半分眠りに落ちて

夏　耳に光をすかしネコたちは網戸をのぼる　やめれ　やぶれる

気象予報士の指示棒にネコがじゃれかかりまんまと見逃す明日の天気

扇風機のコードに飽きて湯上がりの僕の髪から水を飲むネコ

キーボードに寝そべるネコをどかし抱きあげればしばし無って表情

言葉をもたない生きものなのにそれはもう寝言というほかないネコの寝言

ザ・ゴミ・フォーマリー・ノウン・アズ・ライトニングケーブル　つまりはネコに齧られた

ネコかわいい　かわいすぎて町中の犬にテニスボールを配りたくなる

競輪場前で見掛けたジャイアントプードルほんとにジャイアント

右手首にシュシュを巻いている女の子が座るテニスコートの審判台

朝に星　鳩飼う家に鳩の気配感じつつ駅への道をゆく

新幹線から見えたネコ　新幹線からでもかわいい　たいしたもんだな

はいいろの海辺の町を旅行して首の太いネコになつかれる

ぶん投げたオレンジが波間に浮かぶ　ベストを尽くすよ　ヘイ！　ベストをね

世界中のMMCにHS-MMCにMMCplusにMMCmobileにRS-MMCにDV RS-MMCにMMCmicroにSDカードにminiSDカードにmicroSDカードにSDHCカードにminiSDHCカードにmicroSDHCカードにSDXCカードにminiSDXCカードにmicroSDXCカードに収められてるネコたちに　収まることのないネコたちに

乱暴に君の手をとり床が木のバスにのりこむ　息できている？

両足の靴ずれだってきっと頌歌　うれしげに橋をくぐる鳥たち

やわらかな西日に照らされオレンジのフェリーが沖に止まって見える

うつくしい名を　あたたかい飲み物を　春には春の　夜には夜の

僕が僕の雇われ店長にすぎなくとも吊るすミラーボールは完璧なものを

ふとん叩きの頭みたいなドーナツ?なら売ってるけど　オーケー　んじゃ買ってくわ

パンダTシャツを着ている日はパンダ好きとだいたい間違えられる

夏草の穂先にふれる　友達の子供に好きな動物をきく

ムーンライト　ビーコン・ライト　スターライト　ゴーストライト・ヒズ・ラブ・レター

回ってきたギターを彼は笑いながら受けとりカポを外して笑う

人呼んでちゃらんぽらん　サビすら歌えない歌を好きと言いきる生きることの天才

むかしむかしではじめる君が生まれる前の君のパパがぶっちしたバイトの話

なんで？　って聞かれれば楽しかったから　雨だれ　糸とんぼを見失う

好きな食べ物分けてもらって友達の子供が友達になる土曜

このあいだ買った薄手のコート着て髪を切りにいくって君は

空はビルをうつさないからビルにうつる十月の空はあんなにきれい

水を飲むのが苦手なネコがいつまでもびしょびしょの水飲みのうれしい
うれしいのかそうでもないのかどうだろう　ネコの眉毛？をジョリジョリいわす
僕のかわりにこれ読んどいて　内容とか感想とか訊かないから　そう、読むだけでいい

冬のはじめの電車は外国のにおい　陽光とどまらなくともかまわない

髪をいじる女の子がみる戦場で拾ったような携帯電話

雲雀揚げきる冬空の勘違いするなよ　これは勇気の話だ

ＬＥＤぴかぴか光るヘッドフォンしたおばあさんに席を譲った

コインランドリーのまどろみからネコが欠伸　こわれる冬の日溜まり

この春のうすら寒さをどうしよう　タンスにＴシャツばかりあふれて

肩までの髪でつくったむりやりの君の三つ編みくすぐったくて

やがて雨あしは強まり　うつくしさ　遠くけぶったガードレールの

夏刈りの芝生があれば座るっしょ　おいで　いつでも眠たい人よ

突風にレジャーシートは舞い上がりゴマの団子が砂にまみれた
君の目は夏陽にうるみ灼けたねと言えばかもねとこたえ笑った

II

（ウィークエンズ拾遺）

東京がどんな街かいつかだれかに訊かれることがあったら、
夏になると毎週末かならずどこかの水辺で花火大会のある
街だと答えよう

ひらかないほうのとびらにもたれれば僕らはいつでも移動の途中

坂の多い街に生まれ育った　で　君の生い立ち話はおわる

ブラひもがみえることとか　そのひもがみせるためのであることとか

ゼビウスのテーマが車両に響いてる　地下鉄はいま地上に出てく

あっ10円　地面のそれはつぶされてひしゃげた学生服のボタンで

わたしクラスで最初にピアスあけたんだ　君の昔話にゆれる野あざみ

バス停の屋根から草がはえていた　バス停からははえてなかった
ポケットのたくさんついた服が好きでしょ　って勝手に決めつけられる
夕立に子供がはしゃぐ　世界とは呼べないなにかが輝いている

明るすぎてみえないものが多すぎる　たとえば　いいや　やっぱやめとく

Ｔシャツの裾をつかまれどこまでも夏の夜ってあまくて白い

雷？　いやおそらく花火　去年の春いっしょにあるいたあの川あたり

君は僕のとなりで僕に関係ないことで泣く　いいにおいをさせて

いつまでもおぼえていよう　君にゆで玉子の殻をむいてもらった

遠くまで行く必要はなくなった　遠くに行ける　そんな気がした

くちびるとかスリーセブンとか　まばたきとかピアスとか

夜が明けた　やたらと喉が渇いてた　君が寝言で「ねむい」と言った

太平洋ひとりぼっちと大西洋ひとりぼっちがおちあう岬

くすぐったがりから気持ちよさがりにかえる　朝日にもえる窓わく

水玉のひとつひとつがよく見るとドクロマークだ　あなたが好きだ

くちびるは動詞であると主張してくちびっている君が大好き

なにゆえに君をなぐさめてるんだろう　ふられたのは僕　ふったのは君

じゃれあったベッドを筏みたいだと例えて　例えっぱなしの僕ら
月をみる君の背中によりかかりビルにうつった月をみている
カーテンが光をはらんでゆれていて僕は何かを思い出しそう

あすからは誰の歩幅も気にせずにグングンいくさ　それだけのこと

「うん？　ううん　悲しくなんかないけれど少し疲れた　眠ってもいい？」

はばたきやしらたきなんかにならないで　そのまばたきはまばたきのまま

骨だけの傘がぶざまに転がってバカは思った　まだ骨はある

死んだように眠った人と眠るように死んだ人とは違うのだった

新しいカレシが車を磨いたら必ず雨が降るんだってさ

手の甲で君のほっぺに触れてみた　君のまぶたが「ふしぎ」と言った
まいにちの電話のノイズにまぎれてた氷河のきしみを聞いていたんだ
こんなにも想像力を欠く夜もおかまいなしに星は流れる

こんなにもかすかで弱々しくたって光は光と気づいてしまった

７７７　そろえつづけるスロットゲーム　それでも君はストローを噛む

傷跡を眺めてひるむ思いならいっそ朝日のままで沈んで

「痛くない痛みはきっと人生を前借りしてきた利息分なの」
ハゲがハゲヅラをかぶっているようなやらしいたましい　やさしいきもち
モニターがほっぺを青く染めたって　泣きたくないなら泣かなくていい

でたらめな愛なのだからでたらめでなおかつ笑える符割りで歌う

流星は流れる　歌姫は歌う　渡り鳥さえ渡る　僕らは

ももいろの嵐のなか生まれた君を地下の店まで迎えに行った

だいじょうぶ　急ぐ旅ではないのだし　急いでないし　旅でもないし
奇数個のピアスを輝かせて今夜　君はひとつのワンダーになる
スパコイナイノーチ　ワンアン　グッドナイト　知ってるおやすみ全部をあげる

昨晩、君は夜釣りへ行った

さびしさに音の粒さえみえそうな夜もわたしはどうせまるがお

つぎに目がさめるころには夜釣りから君も帰ってきているでしょう

麦畑ふかくひばりがこしらえた誰も知らないまるい巣のこと

スカートの端までわたしは愛されて　いいかい　いまから調子にのるよ

嫌なやつになっちゃいそうだよ　もうじゅうぶん嫌なやつだよと抱きしめられる

昼すぎの電車のように惜しみないおんなともだちとごはんを食べる

撮り直してもやっぱりレンズに水滴がついて　ま　これでもいいかアジサイ

猫あるくタイヤのわきをすりぬけて猫ねるためか車のしたへ

きょう会った犬のまつげが真っ白だった　麦茶つぎつつ君におしえる

対面に座っていたのは前髪をななめに切りそろえた女の子
スーパーボールが車両のはじからなめらかに転がってきてみんなみていた
君の組んでる足からサンダルが落ちそう　あいもかかわらず長いあしゆび

ボストンバッグをリュックサックのように背負い小学生がプールに走る

おばあさんが杖の代わりにおすカートに君が轢かれて君があやまる

雨は好き　でも傘がいや　最近のインスタントコーヒーはよくとけるねえ

どらやきに餅が入っていて君がよろこぶ　餅はいいね　栗もね

急に君が「どん」付けなんかで呼ぶもんだから語尾を「ごわす」にせざるをえない

うんこしてくる　うんと応えたけどなんで毎回宣言するんだろうこのひとは

川釣りに文庫をもってついていく　水の記憶をひとつわけあう

はなうたをきかせてくれるあおむけの心に降るのは真夏の光

夏木立　首にさげてるからっぽのシャボン玉瓶ごと君が好き

日当まるっとビールの箱買いしやがってさすがにキレた　ビールは飲んだ

前髪をつくってみるかな　そういえば今年はすいかを食べそびれたな

うすあかりさしたる決意もないままに君のつめたいおでこにふれる

「おれの耳、血でてない？」ってうわってでてる　でてるからもうちょいあわててよ

まちがった明るさのなか　冬　君が君の笑顔を恥じないように

ぼんやりとしゃがれた夜空の下なんかわたしはあまじょっぱいものが食べたい

こんなときなんて言ったらいいんだっけ？　君のコートのいろをみている
君の名を呼ぶよろこびにふるえるよ　水がほどける春のさなかで
おもむろに君は小枝をひろいあげかわいた音を冬にかえした

ハロー・グッバイ・ハロー・ハロー

足の指先はつまさき　つまさきのいつもつめたい僕の恋人

目の前に裸にちかい君がいてシロツメグサ咲く丘を思った

リモコンを握ったまんま泣く君は泣きやんだあとたぶんまた泣く

真夜中のバドミントンが　月が暗いせいではないね　つづかないのは
つぶやきは　北極グマがゆっくりと水にとびこむ　聞き流していい
正直なところ面倒くさいけど本当のところはべつにあるから

くるうならわかりやすくくるってね　しらない花の名前ばかりだ
それでいてシルクのような縦パスが前線にでる　夜明けはちかい
君じゃなく叫ぶことなどない僕が泥の中からマイクを拾う

〝Re:林家ペーがいた〟って件名のみじかいメールが告げるお別れ

さくら咲く川辺は淡く　やさしさと括られてしまった　上等だった

車窓から乗りだし顔のながい犬がみてるガスタンクはうすみどり

ばくぜんとおなかがすいた　はらへった　むこうのビルが光ってみえた

映画ぎらいの彼女がよくみてたロードムービー　旅行もきらいだったくせにさ

オーロラの下うごけない砕氷船　とりあえず　とりあえず踊っとく？

モモタロさん　お腰につけた腰ミノをひとつわたしにくださいな
のばしかけの髪がちくちくするけれどアフロはでかいほうがいいから
目をふせてあらゆる比喩を拒絶して電車を待ってる君をみかけた

なんか知らんが言われるままにキヨスクの冷凍みかんをおごってもらう

「髪伸びた？」ってきかれてるのに好きよと言う　ざまあみろって形の口で

ねておきて「ねてていいよ」と声がしてねたふりをする　鉄橋をいく

ほかにすることがないから手をつなぐ　つくづくリアルに湿るてのひら

「ウナギイヌみたいな猫がみていたよ」そいつはたぶんウナギネコだね

すっぱだかにしたり　まっぱだかにしたり　せっくすすくすくすくすだまわれる

牛乳が逆からあいていて笑う　ふつうの女のコをふつうに好きだ

海にくれば海での作法に従って　つまりははしゃぐ　はしゃぐんだよ　こらっ

耳もとでありがとうと囁やこうにもあばれる髪にじゃまされちゃって

はらってもはらっても落ちる砂ならば連れて帰ろう　どこに？　どこでも

僕らには幸せになる必要もないからこころは問わなくていい

イヤフォンではやりの歌を聴きながらあかるく雪ふるここで待ってる

この星の夜

あふれやまないコーラな夜は雑な敬語の使い手である君にまかせた

破れたのは夢ではなくて船だから木切れが夢の岸に届くよ

鍵穴にささったままの鍵のキーホルダーが風にめちゃくちゃゆれる

かろうじてボックスステップなら踏めるから夕立のすぐにでも行く

世界には愛は知らんがドライヤーがわりのものがあふれ勝手に乾く髪

炎天に拾い上げれば作業着のボタンホールに挿す鳥の羽根

火をつける前のタバコで友達が指したふざけた虹の消えない

もう何も祈らないという約束を彼方の日なたのあなたと交わす

さもしさを愛す　四月の灯台が建つ岬からとおくはなれて

吹かれるのだったら君のわさび田をわたってきた風ないし突風

かつて僕が君のなかにみた黒犬の鼻の頭は濡れてる？　いまも

食べるより遊ぶのが好きすぎて痩せつづけるネコに毛糸の玉を

水深をもらえば泳ぎだす犬に花降りそそぐ季節があるの

花も犬も草も水も鳥も遠くスポーツ選手の死は悲しい

エアコンの音にさそわれ夢のなかあなたをぬらす雨がふりだす

ヘリポートのオレンジ色の吹き流し　吹き流すやわらかなファック・ユー

写真のなかの幼い君が　かわいいね　入院服でするピースサイン

真夜中の君が思い描いたよりずっとずっと熊の顔は細長い

届かない報せを　届いてしまったら泣くって君は知ってるのに待つ

そばかすにまみれた夢を朝焼けのテニスコートで耳打ちしてね

えらすぎる君に鼓動をくれてやる　歌舞伎揚もやる　袋ごとやる

まどろみの地下の駅へとおりる途中　名前を呼ばれた　ような気がした

生きていることはべつにまぐれでいい　七月　まぐれの君に会いたい

つまさきに鉄の入った長靴にどうぶつ　長靴ごと抱き上げる

指笛のふけない君を連れてった太陽やせる雪のみちゆき

知ってる　君の名は知ってる　当たり前だろ　だから君の親指の名を聞いてる

聞かせてよ決まり文句を　そうしたら決まり文句で夜を育てる

コタツ、それはみかんをのせたあたたかいつくえ　ネコ、それはみかんぎらいのかわいいくらがり

名づけえぬ料理のほうがこの世には多くなんならちくわも入れる

雀荘でうつしうつされした癖のこの右手クルクルは誰オリジナル

鳥が二羽ふきぬけ君は照明のともりはじめた球場で寝る

年甲斐もなく浜風にはしゃぎ　夏　花火をみた　秋　花と火をみた

台風の朝とあなたの深爪と眠りたいだけ眠るだけだと

台風にざっくり洗われた道に落ちてるラッキーを拾いつつ

かっこいい漫画を読みたい　強烈な西日のなかでかっこいいのを

余裕って答える　何が　笑ったらけだるく夜の海のうねりは

みんなみんな酔っぱらってる明け方にいくつのあかり　誰の呼び捨て

拍手から羽ばたく鳥の数万羽帰る森　友達が待ってる

雪どけのグラウンドにたつストライカーみたいな顔で愛を告げられ

ふきだまる花びらかるく蹴りあげて君のてきとうここに極まる

ばかでかい星座の下で友達が手をふる　僕らは手をふりかえす

膨大なポップソングの歴史のなかにネコは乳首をさらして眠る

やる気なしながらもながらえる君に紙テープを色とりどりに投げるよ

君は無駄にかっこよく生きてくだろう　弾ける楽器がひとつもなくても

たてがみにさしこむ手紙　名ばかりの春より浅く　雨より速く

歌集　ピクニック　著者：宇都宮 敦　発行日：二〇一八年十一月二十七日

発行者：真野 少　発行：現代短歌社　〒一七一－〇〇三一 東京都豊島区目白二－八－二 電話 〇三－六九〇三－一四〇〇

発売：三本木書院　〒六〇二－〇八六二京都市上京区河原町通丸太町上る出水町二八四　装丁：かじたにデザイン　印刷：日本ハイコム

　ISBN978-4-86534-250-5 C0092 ¥2000E

gift10叢書 第15篇

この本の売上の10%は
全国コミュニティ財団協会を通じ、
明日のよりよい社会のために
役立てられます